AF311312

LES
DEUX MARTYRS
DE LA LIBERTÉ.

LES DEUX MARTYRS

DE LA LIBERTÉ,

OU

PORTRAITS DE MARAT

ET DE LEPELLETIER.

PAR DORAT-CUBIÈRES.

Dulce & decorum est pro patriâ mori.
HORACE.

A PARIS,

De l'Imprimerie de Cn.-Fr. Patris, Imprimeur de
la Commune, rue du Fauxbourg Saint Jacques.

1793.

COMMUNE DE PARIS.

Le 11 Août 1793, l'an 2 de la République Française, une et indivisible.

Extrait du Registre des délibérations du conseil général.

DORAT-CUBIÈRES donne lecture d'un Poëme à la louange de Marat, l'Ami du Peuple. La sensibilité jointe à l'énergie dans cette production a valu à l'Auteur de nombreux applaudissemens. Les âmes ont été électrisées sur-tout par le tableau fidèle des vertus du grand homme dont nous regrettons tous la perte.

Le Conseil, par un mouvement simultané, arrête mention civique de ce Poëme au procès-verbal, l'impression, l'envoi aux 48 Sections et à toutes les Sociétés populaires.

Signé SOULÈS, Vice-Président.

METTOT, Secrétaire-Greffier-Adjoint.

Pour copie conforme, METTOT, Secrétaire-Greffier-Adjoint.

POËME

A LA GLOIRE DE MARAT.

Lu en la Séance du Conseil-Général, le Dimanche 11.
Août 1793, et imprimé par son ordre.

PAR DORAT-CUBIÈRES.

Il n'est plus ce mortel digne d'un meilleur sort !
Le vaisseau de l'État qu'il conduisoit au port,
S'élevant par degrés au-dessus des naufrages,
Alloit, calme et tranquille, affronter les orages.
Il auroit triomphé de Caribde et Scylla ;
Des modernes Cromwels et des nouveaux Sylla (a).
Marat n'est plus ! Des champs de l'antique Neustrie,
S'élançant tout-à-coup une jeune furie,
Dans le sein de Marat a plongé le poignard,
Et la France a perdu son plus ferme rempart.

O mes concitoyens ! du fanatisme horrible,
Admirez le génie aussi fier que terrible ;
Au cœur de l'innocence il souffle ses poisons,
Et l'innocence alors brave échafaud, prisons,
Et des grands criminels suivant de près les traces,
Des serpens d'Alecton se couronnent les Grâces.

De Marat cependant, quels furent les forfaits ?
Pour établir en France une éternelle paix,
Aux Dieux, aux demi-Dieux qui régnoient sur la terre,
Aux tyrans de tout grade il déclara la guerre.
Qu'êtes-vous devenus, nobles ambitieux,
Pervers agioteurs, Prêtres astucieux ?

Sa redoutable main vous réduisit en poudre,
Et les traits de Marat furent ceux de la foudre.
De Necker, tout bouffi d'une fausse fierté,
Et qui feignit d'abord d'aimer la liberté,
Toujours il réprima la morgue financière ;
Et l'empêchant sur-tout d'achever sa carrière,
Il l'obligea de fuir, le cœur rempli d'effroi.

Du Peuple faux ami, vrai sectateur d'un roi,
D'abuser du pouvoir Lafayette eut l'audace.
Marat à lui s'attache, il le suit à la trace ;
Sans égard pour son titre, il flétrit son laurier,
Et de son blanc cheval renverse le guerrier.
A cet excès de honte indigné de survivre,
Lafayette, à son tour veut en vain le poursuivre.
Dans un noir souterrein évitant ses regards (b),
Du plus ardent civisme il y forge les dards.
Tel qu'un autre Vulcain, enfermé sous la terre,
Au peuple qu'il adore il fournit le tonnerre ;
Et Lafayette enfin percé de mille coups,
Court au loin exhaler son impuissant courroux.

Tandis que Dumouriez voit aux jeux du théâtre,
De ses lauriers menteurs tout Paris idolâtre,
Marat vient arracher à ce monstre odieux (c)
Le masque de vertu qui trompoit tous les yeux.
Du courageux Marat, Peuple, voilà les crimes.
Par degrés sous tes pas se creusoient des abimes,
Que pour les mieux cacher d'adroits Législateurs
Se plaisoient à couvrir de prestiges flatteurs.
Marat n'est point séduit par le funeste piége......
Et des hommes d'état la horde sacrilège (d)
Désertant le marais qu'elle a trop habité,
Ne souille plus les airs de son souffle empesté.

Tyrans qui desiriez lui ravir la lumière,
Vous vous applaudissez, dans votre rage altière,
De l'avoir vu tomber sous le sanglant couteau. . . .
Marat vous détruira du fond de son tombeau.
Il n'est pas loin le jour où, perdant leur couronne,
L'un sur l'autre les rois tomberont de leur trône.
Où régnera par-tout la sainte égalité,
Où par-tout on criera : *Vive la Liberté.*
Les bords de la Néva, les rives du Bosphore
Retentiront bientôt de ces noms que j'adore.
Catherine frémit au fond de son palais,
Et le Sultan commence à craindre nos succès.
Le Pape, au rang des Saints a mis Louis seizième;
Il l'a canonisé, mais le Pape lui-même
Du rang des Potentats va descendre à son tour,
Et le roi des cagots ne vivra plus qu'un jour.

Mais Marat fut cruel !... Ah ! du peu qui lui reste (*e*),
Voyez-le à l'indigent faire l'offre modeste,
Prendre soin de la veuve, adopter l'orphelin,
Doucement leur sourire et leur tendre la main,
Ne haïr, en un mot, que le riche insensible,
Que les durs ennemis du citoyen paisible,
Et toujours distinguant les vices des vertus,
En lui seul réunir Epictète et Brutus.
Quand du temple des loix il habitoit l'enceinte,
N'alloit-il pas, du haut de la Montagne sainte,
De l'aristocratie écrasant les vautours,
Implorer des bienfaits, réclamer des secours
Pour l'humble Agriculteur, qui de ses mains fécondes,
Fait vivre, fait fleurir, et soutient les deux mondes.

Peuple, lis ses écrits : la tendre humanité (*f*)
Y respire par-tout avec la liberté.

Des traîtres, je l'avoue, il a proscrit la tête ;
Mais vois comme son œil avec bonté s'arrête
Sur le faible mortel qu'un triste égarement
Du sentier des vertus fit sortir un moment :
Marat par ses écrits (1) l'arrache à la torture.
Une femme pourtant, l'horreur de la nature (g) !
Une femme a plongé le poignard dans son sein.
Une femme s'armer d'un poignard assassin !
O sexe intéressant, qui nous tiens dans les chaînes,
Toi, que forma le ciel pour adoucir nos peines,
Pour charmer notre vie en la semant de fleurs,
Pour calmer nos chagrins, pour essuyer nos pleurs,
Faut-il qu'une mortelle, au quatrième lustre,
Par un forfait horrible ait cru se rendre illustre ?
Que, par la perfidie et la férocité,
Elle ait cru parvenir à l'immortalité ?
Jouissez de ce crime, ô tyrans que j'abhorre !
Marat n'existe plus, cent rois vivent encore ;
Et Frédéric-Guillaume et Catherine deux
Font peser sur le Nord leur joug sombre et hideux.

Vous l'appelez cruel !... Ah ! modérés perfides !
Vous seuls fûtes de sang et de carnage avides (h) ;
Vous seuls fûtes cruels, quand, feignant la douceur,
Pour enfoncer le fer avec plus de noirceur,
Vous avez d'un Buzot adopté les maximes,
Et du tyran Français pardonné tous les crimes.
Le Peuple, malgré vous, est rentré dans ses droits :
Traîtres, c'est l'égorger que d'épargner les rois.

F I N.

---

(1) Marat est un des premiers qui ait demandé l'abolition de la torture dans son Ouvrage sur le Code Criminel.

NOTES DU POËME.

(a) *Des modernes Cromwels & des nouveaux Sylla.* Si depuis que la France est République un homme eut quelque ressemblance avec Sylla, il faut convenir que c'est le traître Dumouriez. Après avoir battu deux fois les Samnites, et avoir fait la loi au roi de Pont et dans la Cappadoce, Sylla fait marcher ses nombreuses légions contre Rome, et la remplit de sang et de morts; ainsi, Dumouriez, après avoir repoussé le roi de Prusse et triomphé dans la Belgique, a voulu tourner ses armes contre Paris. Heureusement Dumouriez n'a eu ni le génie, ni sur-tout le bonheur de Sylla, qui se faisoit appeler *l'heureux Sylla.* Heureusement que nous avons eu un Marat qui, avant que les horribles desseins de Dumouriez fussent exécutés, les a tous pressentis et les a démasqués avec une sagacité d'autant plus inconcevable, qu'à cette époque les Patriotes avoient presque tous les yeux fascinés. Numa étoit, dit-on, inspiré par la Nymphe Egerie, et Socrate avoit un démon qui lui dictoit ses plus belles sentences; ne pourroit-on pas dire que Marat avoit un instinct révolutionnaire qui ne l'a presque jamais trompé, et qui valoit mieux mille fois que le démon et la Nymphe?

(b) *Dans un noir souterrein évitant ses regards.* Que Marat a présenté un beau spectacle, lorsque poursuivi par Lafayette et par tous les sbires en épaulette qu'il avoit à ses ordres, il a erré de souterrein en souterrein pour se soustraire à leurs fureurs, et n'a point cessé néanmoins de désigner Lafayette dans ses feuilles comme un véritable ennemi du Peuple, et d'appeler sur sa tête le glaive de la loi! Son existence parut si merveilleuse en ce moment que tout le monde en doutoit; et quant à moi, je l'avoue franchement, je n'y croyois qu'à demi, et je ne fus vraiment désabusé qu'en voyant Marat aux Jacobins peu de temps après la chûte de Lafayette.

(c) *Marat vient arracher à ce monstre odieux.* Ce qui doit à jamais immortaliser Marat, c'est la constance avec laquelle il dénonça Dumouriez, et sur-tout à l'instant où ce traître s'étant rendu à l'Opéra, y fut couvert d'applaudissemens, et fascina les yeux de la plus grande partie des spectateurs. L'infâme Dumouriez n'avoit vaincu qu'à regret à la bataille de Gemmape, et pour ainsi dire malgré lui. Marat ne cessoit de le dire dans ses feuilles; on ne vouloit point le croire, et la gloire de Marat vient sur-tout de son obstination à dire des vérités que le gros du Public prenoit pour des mensonges.

(d) *Et des hommes d'état la horde sacrilége.* On sait avec quel respect le mot d'homme d'état étoit prononcé dans l'ancien régime; le plus grand éloge que l'on pût faire d'un homme en place étoit de dire que c'étoit *un Homme d'état.* Marat a tellement ridiculisé ce titre, qu'actuellement il est regardé comme une injure! Marat, en ce sens, a beaucoup de ressemblance avec Molière, qui, par ses heureuses plaisanteries, a tué les Marquis, les Médecins, les dévots, &c. Quoique pour le génie, Marat et Molière ne doivent pas être mis sur la même ligne, tous deux cependant ont eu une grande influence sur leur siécle; et c'est par l'influence qu'on est un grand homme.

(e) *Mais Marat fut cruel! . . . . . Ah! du peu qui lui reste.* Le grand reproche qu'on a fait à Marat a été la cruauté : on l'a peint comme un tigre altéré de sang, et Marat est un des premiers qui, dans son Ouvrage sur la Législation criminelle, ait demandé l'abolition de la torture. On l'a ensuite accusé de s'être laissé gagner par les Puissances Étrangères, d'avoir reçu l'argent de Pitt, de Cobourg, de Frédéric-Guillaume, pour désorganiser la France; et l'on n'a trouvé chez lui, après sa mort, qu'un assignat de 25 sols. Non, non, Marat n'étoit point cruel; mille fois on l'a vu rompre le pain de la fraternité avec les indigens. Que de contrastes présente sa vie! Cet homme qui faisoit trembler nos plus redoutables Généraux en les dénonçant dans son Journal; cet homme avoit tant de simplicité et de bonhommie, que plusieurs fois des gens attachés à son service se sont mocqués de lui, et en sa présence même. Cet homme, que douze mille guerriers ont poursuivi par les ordres de Lafayette, et qu'ils n'ont pu arrêter; cet homme a été assassiné par une femme, j'ai presque dit par un enfant.

(f) *Peuple, lis ses écrits : la tendre humanité.* J'ai lu quelques ouvrages de Marat; ils ne sont pas en général très-bien écrits: Marat n'étoit ni un Académicien, ni un puriste; mais une philosophie douce respire dans tous ceux qu'il a publiés avant la révolution : on voit que c'est toujours l'amour de l'humanité qui lui a fait prendre la plume, et que Médecin en phisique et en morale, il avoit l'envie de guérir à la fois les corps et les âmes. Sa vie, au surplus, a été si orageuse, qu'on ne conçoit pas comment il a pu donner tant de temps au travail; on a vingt volumes de lui sur la Physique, et autant sur la Politique. Il annonçoit tous les jours dans ses Feuilles Les Chaînes de l'esclavage, ouvrage de lui, qu'aucun Journaliste n'avoit voulu annoncer.

(g) *Une femme pourtant, l'horreur de la nature!* Ce qui doit rendre la mémoire de Charlotte Cordai à jamais exécrable à la postérité la plus reculée, c'est la ruse qu'elle a employée pour s'introduire chez Marat; elle a imploré son humanité, sa sensibilité, sa bienfaisance, et sur-tout son amour pour la Patrie : Marat, espérant pouvoir rendre service à son assassin, l'a laissée entrer chez lui, et il tendoit la main à Charlotte lorsqu'elle l'a poignardé. Ah! qu'il est beau d'être pris à de pareils piéges; et voilà pourtant l'homme que ses ennemis s'obstinent à accuser de cruauté! Charlotte Cordai ne vouloit point assassiner Marat parce qu'il lui paroissoit cruel, mais parce qu'il étoit chaud Patriote. Chabot m'a assuré qu'elle avoit été chez lui pour le punir aussi de trop aimer la liberté, et l'on sait qu'elle a rendu une petite visite au Ministre de l'Intérieur.

(h) *Vous seuls fûtes de sang & de carnage avides.* C'est le modérantisme qui est sanguinaire, c'est le Brissotisme; puisque la guerre civile qui a eu lieu dans quelques départemens, est son ouvrage. Il y auroit eu bien moins de sang versé, il n'y en auroit pas eu peut-être, si chaque individu de la République eût été un vrai Jacobin et eût pensé comme Marat.

LA MORT

DE

MICHEL LE PELLETIER.

> Victima haud ulla amplior
> Potest, magisque opima mactari jovi
> Quàm rex iniquus.
>
> SENEQUE.

VERS
SUR LA MORT
DE MICHEL LE PELLETIER.

Sur le socle où la main d'un Phidias antique
Avoit placé d'un roi l'image despotique,
Quel est donc ce cercueil de cyprès entouré,
Ce glaive tout sanglant, ce corps défiguré,
Et ce lit où la mort, de sa faulx menaçante,
Semble encor défier la liberté naissante ?
Est-ce un jeune Guerrier qui frappe mes regards,
Et qu'elle a moissonné dans le champ des hasards ?
Non, c'est le Pelletier, c'est un Sage, un grand Homme,
Tel qu'en offrit jadis le fier Sénat de Rome,
Que Bellonne jamais n'a vu sous ses drapeaux,
Et qui vient de mourir de la mort des Héros.

    Citoyens, je l'ai vu ce mortel magnanime,
Emporter au tombeau le regret unanime
Du Peuple qu'il servit, et des Législateurs,
Qui tous l'ont honoré du tribut de leurs pleurs :
Et quel autre eut jamais plus de droit aux hommages ?

    Vainqueur des préjugés, il brisa les images
Dont s'enorgueillissoient les Comtes, les Marquis ;
Aux titres féodaux, par ses pères conquis,
Opposant une gloire et plus pure et plus belle,
A la Patrie, aux loix il se montra fidèle,
Et dépouillant un nom (1) qui n'étoit pas le sien,
A ses pieds il foula le sang patricien.

    Il n'imaginoit pas, qu'outrageant la nature,
La loi dût à la mort vouer la créature,

----

(1) Le Pelletier étoit Marquis de Saint-Fargeau, et l'on sait qu'à l'Assemblée constituante il fut un des premiers à se dépouiller de son nom et de son titre.

Et jaloux d'abolir la peine du trépas,
Excepté pour les rois, qui ne pardonnent pas,
Il voulut, sans laisser la justice endormie,
Accabler le méchant du fardeau de la vie ;
Avec tant de clémence, avec un tel dessein,
Devoit-il expirer sous un fer assassin ?
Devoit-il d'un forfait devenir la victime ?

Ah ! loin de le maudire il faut bénir le crime
Qui plongeant au tombeau le sage Pelletier,
A l'immortalité l'a conduit tout entier.
Le jour qui de Louis a vu tomber la tête,
A vu de Pelletier la glorieuse fête ;
Quel sublime contraste ! un Monarque abhorré
Courbe sur l'échaffaut son front déshonoré,
Pas un sanglot pour lui, pas un cri ne s'élève,
Et le tyran à peine est tombé sous le glaive,
Que l'ami des humains, de frères escorté,
Au temple de la gloire en triomphe est porté,
Et que de tout un peuple accompagnant son ombre,
Retentit dans les airs l'hymne pieux et sombre.

Tel est un peuple libre : amant de la vertu,
De quelque vain éclat qu'un Roi soit revêtu,
S'élevant tout-à-coup à la fierté de Rome,
Dans ce dieu d'un moment il n'apperçoit qu'un homme,
Et dans l'homme qu'il pleure il reconnoît un Dieu.
Mais qu'entends-je soudain ! par un dernier adieu,
Félix le Pelletier vient honorer son frère :
Le Panthéon couvert d'un crèpe funéraire
Dans Félix et Michel, croit voir les deux Gracchus,
Tremblez tyrans du Nord non encore abbattus !
Tremblez, elle a brillé, votre dernière aurore ;
Du sang de Pelletier, des vengeurs vont éclore ;
Imitons son exemple, amis, frères, parens,
Et votons, avec lui, le trépas des tyrans.

DORAT-CUBIÈRES

A

ANAXAGORAS CHAUMETTE.

Ces Couplets peuvent se chanter sur l'air :
On compteroit les diamans.

O mon cher Anaxagoras,
Se peut-il que la calomnie
S'obstinant à suivre tes pas
Ait troublé le cours de ta vie?
Ils ont dit, tes sots ennemis,
Qu'autrefois tu disois la messe (1),
Et qu'affublé d'un beau surplis
Tu trichais le peuple à confesse.

Non, non, je ne croirai jamais
Que mon ami, vrai Sans-Culotte,
D'un Prêtre, couvert de forfaits,
Ait porté la sale calotte.
Se mocquant des qu'en dira-t-on,
Et des tyrans de toute espèce,
Chaumette a choisi son patron
Parmi les Sages de la Grèce.

(1) Ce mot fait allusion au reproche que les ennemis de
Chaumette lui firent d'avoir été Prêtre : reproche auquel il
répondit par l'affiche qu'on lira à la suite de ces couplets.

Si pourtant d'être au rang des Saints
Il te prenoit la fantaisie,
Pour réussir dans tes desseins
Tu liras mon œuvre choisie :
Sur le Pape j'ai plaisanté,
Et je suis digne de te plaire :
Tout dévôt à la liberté
Prendra mon livre pour bréviaire.

CHAUMETTE,

PROCUREUR DE LA COMMUNE,

A SES CONCITOYENS.

Dans le temps des élections à la Municipalité, des méchans, des calomniateurs me dénoncèrent comme un *des Massacreurs du 2 Septembre*, tandis que j'étois à cette époque à cent lieues de Paris. Je ne doute pas que les mêmes gens qui me chargeoient alors d'inculpations atroces, n'aient changé de batteries, et que ne pouvant me reprocher des crimes, ils ne dirigent aujourd'hui contre moi des inculpations à la fois injurieuses et ridicules ; inculpations répétées par des gens honnêtes, qui deviennent alors les échos de la plus basse calomnie.

Ils font courir le bruit que je suis Moine, que j'ai été Procureur d'une Communauté de Moines, &c.... Pour moi, je serois curieux de savoir dans quel couvent j'ai fait des vœux *monastiques ?* Dans quelle église j'ai dit la messe ?........ Mais puisque je suis condamné à parler de moi, je vais le faire avec une franchise que j'invite mes détracteurs à imiter eux-mêmes ; et cependant, je déclare que cette réponse que je leur adresse, sera, de ma part, la dernière. Ils pourront, si cela leur plaît, la tourner encore contre moi : je n'ai pas le temps d'entrer en lice avec eux.

Mon premier état a été celui de Mousse, ou novice Matelot, il est vrai que c'est la persécution des Prêtres et des Moines sous lesquels je faisois mes études, (*Hélas ! & quels sont encore les Instituteurs de la jeunesse ?*) qui m'a forcé à ce parti, qui m'éloigna pour longtemps des foyers paternels. Je parvins à être Timonier ; à mon retour, en 1784, j'étudiai la Botanique à Moulins, où j'ai conservé des amis qui me sont chers : l'année suivante, j'allai à Marseille, dans l'intention de m'embarquer pour l'Égypte, et toujours guidé par ma fureur d'étudier la Nature et les monumens de l'antiquité.

Je ne pûs m'embarquer, et je revins dans mon lieu natal, toujours occupé de plantes et de livres. J'y ai passé tout le temps qui a précédé la Révolution, ne m'en éloignant que pour différens voyages de Moulins à Paris, de Paris sur les côtes de l'Océan ; rêvant au bonheur, soupirant après la liberté, la provoquant dans différens articles des papiers qui s'imprimoient alors dans Avignon.

Les deux années qui ont précédé la révolution, fixèrent mon attention toute entière : les événemens qui se succédoient, me rendirent à moi-même, et mon pays sait qu'alors je m'en occupois efficacement. Je démasquois les Prêtres, je résistois aux Nobles ; *voilà mes premiers crimes.* En 1790, peu de temps après la mort de Loustalot, Prudhomme m'accueillit et m'occupa. Depuis ce temps, je n'ai cessé de fréquenter les Sociétés Populaires et ma section, où j'ai l'orgueil de croire que j'ai été utile ; *voilà mes seconds crimes.*

Tout Paris sait mon histoire depuis la fameuse journée du 10 Août. A cette époque aussi, mes ennemis voulurent me faire tuer, en disant que j'étois *un Moine.* Je fus redevable de la vie à Jobert, Administrateur de Police, et aux Forts de la Halle, qui me reconnurent. Tout Paris sait que je n'ai jamais servi aucun parti : je les ai combattus tous ; je ne veux servir que ma Patrie, et ne me battre que pour les principes DU PLUS PUR RÉPUBLICANISME ; *voilà mes troisièmes crimes.*

Enfin, j'ai employé le revenu attaché au poste que je remplis, à éteindre des dettes contractées dans le temps de mon honorable indigence ; à faire un peu de bien quand l'occasion s'est présentée. Je n'ai point à rougir du luxe de mes ameublemens ni de mes habits. Ma porte est ouverte à tout Sans-Culotte qui voudra s'assurer de la vérité ; et quand cessant d'être Magistrat, je redeviendrai simple Citoyen, il me faudra de nouveau lutter avec la fortune ; *voilà mes derniers crimes.*

Après cela, on m'accusera tant qu'on voudra ; je déclare que mon temps appartenant à ceux qui m'ont chargé de fonctions pénibles, je ne l'emploierai point à des disputes polémiques, à répondre à des calomnies. Tout entier à mon devoir, je ne m'en distrairai pas. Je laisse à d'autres le soin de diviser les Citoyens, de les aigrir, de les provoquer les uns contre les autres. Je hais trop Dumouriez et les tyrans, ses complices, pour les servir ainsi. Je laisserai aux intriguans le soin d'allumer de nouvelles guerres, non moins ridicules, non moins sanglantes, non moins barbares que celles des *Guelfes* et des *Gibelins*, des *Armagnacs* et des *Bourguignons*. Je leur laisserai le soin d'opposer

les Guises aux Bourbons, les Condés à la France. *VOLT.* Je le répète, je ne m'occuperai que de mes devoirs, et si tout le monde en faisoit autant, les bons Citoyens n'auroient pas à trembler sur le sort de leur Patrie.

Citoyens, j'ai donné l'exposé de ma vie ; je vous ai dit ce que j'étois avant 1789, ce que j'ai été depuis. J'ai fait le premier ce que je demandois des autres : j'invite tous mes ennemis à en faire autant. Quand le Peuple connoîtra tous les outils dont il se sert, le Peuple saura sur qui compter, et alors je maintiens la Révolution faite,